Der Heilige Liborius

Gedichte, Lieder und Geschichten

Uwe Maria Natus

Das Buch ist erhältlich beim Verlag Leimeier

Walter Leimeier

Haslei 65

59558 Lippstadt

Tel.: 02941-18803

Titelfoto: Rüdiger Wagemeyer

ISBN 978-3-949718-26-7 © Verlag Leimeier

Gedanken (Uwe Maria Natus)

Geboren sein ist Glück, Heimat finden eine Aufgabe. Seine Heimat zu erreichen, ist der sehnlichste Wunsch eines jeden Menschen. Heimat zu besitzen, ist es wert, über sie nachzudenken, gerade in einer Phase, dic ungewiss ist und sich das Leben von heute auf morgen ständig und unerwartet verändern kann.

Wie viele Menschen werden mit ihrer oft ungewollten Heimatlosigkeit konfrontiert, obwohl sie daran glauben, dass Heimat ein Besitz ist, den sie wie selbstverständlich für immer für sich gepachtet zu glauben haben.

Doch der Mensch muss immer wieder die leidige Erfahrung machen, dass Heimat plötzlich und unerwartet wegbrechen kann. Virenkrankheiten oder Kriege sind nur zwei Beispiele. Jeder Mensch hat ein natürliches Bedürfnis danach, ein Zuhause zu haben. Leider wird Heimat oft zu einem flüchtigen Gut in einer Epoche der Globalität. Menschen fliehen und fragen sich in ihrer unsicheren Welt:

Wo bin ich zu Hause? Wo ist meine Heimat, mein Heim? Wie schaffe ich es jetzt und künftig, meinem Leben ein Zuhause zu ermöglichen? Heimat muss jedem Menschen möglich sein! Heimat ist mehr als ein Stand- und Geburtsort.

Heimat ist Erinnerung, Sprache und Musik. Sprache ist das, woran ich glaube, in der ich mich ausdrücken kann. Heimat ist lebenswichtig wie das tägliche Brot. Heimat ist unter anderem auch der Glaube an einen Schöpfer und seine

wegweisenden Worte. Ohne einen Glauben an etwas können wir nicht leben. Der gemeinsame Glaube an etwas verbindet uns Menschen über alle Unterschiede und Ansichten hinweg. Das Vollkommenste am Menschen ist das Unverwechselbare eines jeden Einzelnen, nämlich seine Einmaligkeit. Heimat in sich selbst zu finden, ist dabei die Voraussetzung für Glück und Zufriedenheit.

Dieses Buch möge dazu beitragen, im Sinne des Heiligen Liborius Gedanken und Beispiele zu vermitteln und zu Gesprächen anzuregen, das dem christlichen Glauben entspricht. Lieder, Gebete und Geschichten, mögen dem Leser mit diesen Texten Freude machen, um eine Brücke zwischen den Menschen auf dieser so wunderbaren Welt zu bauen.

Als die Welt Geburtstag hatte (Uwe Maria Natus)

Der erste Tag

Am Anfang gab es einen Knall
und Gott erschuf das Weltenall.
Die Erde schwebte als Planet
und Gott war stolz, dass sie sich dreht.
Dunkel war es, ohne Sicht,
Laut sprach der Herr: „Es werde Licht!"
Von nun an gab es Tag und Nacht
und Gott alles gut gemacht.
Gott segnete den ersten Tag,
was wohl der Zweite bringen mag?

Der zweite Tag

Nur Wasser gab es weit und breit,
da sagte Gott:" Nun wird es Zeit,
dass Land und Berg und Tal entsteh' n,
der Regen fällt und Winde weh' n!"
So baute er mit Meisterhand
auch Bäche, Felsen, Meer und Sand.
Gott segnete den zweiten Tag,
was wohl der Dritte bringen mag?

Der dritte Tag

Am dritten Tag sah Gott sich um,
die Welt war öde, grau und stumm.
Er pflanzte Bäume, säte Samen,
gab jeder Schöpfung einen Namen.
Die Erde wurde bunt und schön
und war mit Freude anzuseh' n.
Gott segnete den dritten Tag,
was wohl der Vierte bringen mag.

Der vierte Tag

Am Morgen ging die Sonne auf
und sie begann den Tageslauf.
Zur Nacht, in dunkelblauer Ferne
schuf Gott den Mond als Nachtlaterne.
und schenkte seiner neuen Welt
die Sterne hoch am Himmelszelt.
Gott segnete den vierten Tag,
was wohl der Fünfte bringen mag?

Der fünfte Tag

Gott überlegte hin und her,
was könnte leben tief im Meer?
Muschel, Krabbe, Krebs und Qualle,
dort war wirklich Platz für alle.
In den Flüssen, Ozeanen
schwammen Fische ihre Bahnen.
Gott schaute sich den Himmel an,
das Leben nun auch dort begann.
Seine Flügel, weit gespannt,
flog der Adler übers Land.
Die Nachtigall sang ihre Weise,
Nester bauten Fink und Meise.
Überall erklang Gesang,
Gott war‘ s um die Welt nicht bang.
Er segnete den fünften Tag,
was wohl der Sechste bringen mag?

Der sechste Tag

Am sechsten Tag sprach Gott:“ Ich spüre,
noch fehlen auf dem Land die Tiere!“
Von jeder Art erschuf er zwei,
für manche auch das erste Ei.
Die Tiere hörten sein Begehren
und fingen an, sich zu vermehren,

ein jedes Paar auf seine Art
und Gott hat nicht mit Lob gespart.
Doch etwas fehlte auf der Welt,
was sich der Schöpfung zugesellt.
So formte Gott, der alles kann,
die ersten Menschen, Frau und Mann.
Gott segnete den sechsten Tag,
was wohl der Siebte bringen mag?

Der siebte Tag

Am siebten Tag hat Gott gelacht,
denn endlich war sein Werk vollbracht.
„Am siebten Tage will ich ruh‘ n!“,
so sprach er, um es auch zu tun.
Gott hat den Ruhetag erdacht
und ihn zum Feiertag gemacht.
Er gab der Schöpfung seinen Segen
und bat den Menschen, ihn zu pflegen.
Pflanzen, Tiere, Wind und Tau,
Feuer, Erde, Mann und Frau,
sie lobten Gott an diesem Tag,
was wohl die Zukunft bringen mag?

Der Mensch hat’s leider nicht gehört,
fast hat die Welt er schon zerstört.
Gebt acht, dass sie erhalten bleibt
und seid zur Pflege stets bereit!

Dies kann man auch in der Bibel nachlesen: 1. Moses 1 und 2. Gemeinsam mit dem Sänger und Komponisten Michi Vogdt wurde in der Paderhalle Paderborn das Musical „Als die Welt Geburtstag hatte“ uraufgeführt. Als CD ist es bei Michi Vogdtzu erhalten. Das Buch ist mit wunderbaren Bildern der weltbekannten Illustratorin Dagmar Geisler im Gabriel/Thienemann- Verlag oder im Buchhandel zu erwerben.

Lasst uns viele Brücken bauen (Uwe Maria Natus)

Lasst uns viele Brücken bauen
auf der ganzen Welt,
und dem Anderen vertrauen
unterm Himmelszelt.

Lasst uns froh die Hände reichen,
fest und voller Kraft,
denn sie sind ein Hoffnungszeichen,
das Verbindung schafft.

Lasst uns Gottes Worte hören,
die wie Brücken sind,
niemand soll sie uns zerstören,
weil wir Christen sind.

Lasst uns jede Brücke pflegen,
dann kehrt Frieden ein,
und mit Schöpfers heil`gem Segen
liegt die Welt im Sonnenschein.

Refrain:
Niemals wieder Kriege,
niemals Hass im Bauch,
selbst die kleinste Fliege
liebt das Leben auch.

Wo immer wir auch stehen (Gebet) (Uwe Maria Natus)

So lasset uns loben,
den Schöpfer dort oben,
mit Worten und Liedern,
mit Schwestern und Brüdern,
so wie es der Herr auf Erden gern mag.

In goldenen Zeiten
die Himmel sich weiten,
Gott Vater zu ehren,
kein Bitten verwehren
überall blühen die Blumen im Hain.

Ein Traum sich erfüllt,
durch Liebe gestillt,
auf all meinen Wegen
mit göttlichem Segen,
es möge durch Frieden wohl alles so sein.

Und wenn die Gedanken
im Lebenssturm wanken,
Gefahren sich zeigen
im menschlichen Reigen,
ist nirgendwo etwas für immer verloren.

Vertraue im Glauben,
nichts kann ihn dir rauben,
in schwierigen Tagen
voll Kummer und Plagen,
denn Gott hat in Liebe uns alle geboren.

Wenn wir vertrauen
und Brücken uns bauen,
einander suchen,
nicht leichtsinnig fluchen,
brennt auch im Dunkeln ein warmes Licht.

In aller Herzen
verlieren sich Schmerzen,
wenn wir sie teilen
und Wunden heilen
und leben so voller Zuversicht.

So lasset uns schlafen
im sicheren Hafen,
im Glauben an Gutes,
der Herr hilft und tut es,
wo immer wir wandern auf schwierigem Pfad.

Denn nichts kann uns trüben,
ob hüben und drüben,
wo immer wir stehen,
wohin wir auch gehen,
ob morgens, ob abends, Gott gibt uns gern Rat.

Und kommen die Tage
und neigt sich die Waage
zu eine der Seiten,
auf Länge und Breiten
und alles wird ruhig und wunderbar still.

So liebe dein Leben,
mehr kann`s dir nicht geben
Ob drehen, ob wenden,
es wird einmal enden,
weil Gott es für dich und alle so will.

Unser Vater (Uwe Maria Natus)

Unser Vater, der du bist
im Himmel, auf der Erde,
schenkst uns Menschen Jesus Christ,
damit Frieden werde.

Es sei dein Wille, was geschieht,
dein ewig Reich wird kommen,
lieber Gott, der alles sieht,
lass uns nicht verkommen.

Schenk uns täglich Wasser, Brot,
vergebe Schuld und Sünden,
helfe allen in der Not,
sollst uns Heil verkünden.

Gib uns Kraft mit deinem Wort,
jenen zu verzeihen,
die, egal an welchem Ort,
nach Versöhnung schreien.

Führe uns nicht in Versuchung,
halte Böses von uns fern,
stärke in uns die Berufung,
Christ zu sein und Glaubensstern.

Dein ist aller Welten Reich,
dir gehören Raum und Zeit,
vor dir sind wir alle gleich,
jetzt und auch in Ewigkeit

Heilig sei mit deinem Namen
ewig alle Schöpfung. Amen.

Das einzige VATERUNSER gereimt
“Durchs Leben getragen”
KBW Bibelwerk

Worte der Mutter Erde an die Menschen im Jahr 2030 (Uwe Maria Natus)

Was habt ihr nur mit mir gemacht,
mit eurer einst so schönen Welt,
fast habt ihr mich schon umgebracht,
der Kinder Zukunft so verstellt.

Als damals alle Blumen starben,
ihr Menschen habt gewusst, warum!,
verblassten alle schönen Farben,
die Tiere kamen elend um.

Von euch bemerkt und dies` seit Jahren
hörten Blumen auf zu blüh`n,
tot stürzten Vögel ab in Scharen,
ein Mensch verkaufte letztes Grün.

In Meeren, Bächen starben Fische,
während ihr die Kassen füllt,
einst bat der Herr zu sich zu Tische,
wo er sich nun in Schweigen hüllt.

Hört zu! Die letzte Glocke läutet,
merkt euch den Ton, spürt, wie er klingt!
Ihr Menschen habt mich ausgebeutet,
dass es bis in den Himmel stinkt!

Doch halt! Ich sehe eine Chance,
versteht mich gut an jedem Ort,
bringt die Natur in die Balance,
zeigt endlich Geist und haltet Wort!

Das Paderborner Kindergebet

Schön, dass es mich gibt.

Mein Tag geht nun zu Ende,
ich schließ mein Türchen zu,
falt‘ zum Gebet die Hände,
bevor ich schlaf‘ und ruh‘.

Du, lieber Gott, erhöre
mein kleines Nachtgebet,
dass ich zu dir gehöre,
wohin mein Weg auch geht.

Ich hab‘ gespielt und viel gelacht,
und du hast mich gelenkt,
schenk allen eine gute Nacht
und die mich reich beschenkt.

Ein Tag wird neu geboren,
ich freue mich so sehr,
du hast mich auserkoren,
mit dir ist nichts zu schwer.

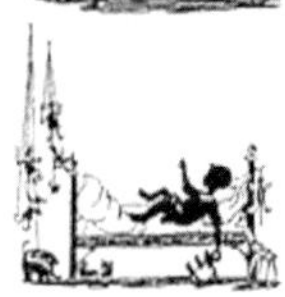

Das Paderborner Kindergebet ist das wohl bedeutendste von über 400 Gedichten, die der Schriftsteller und Dichter Uwe Maria Natus neben den vielen Kurzgeschichten und Erzählungen bisher geschrieben hat. Von Matthias Claudius, dem Dichter des Liedes „Der Mond ist aufgegangen" ist überliefert: "Wenn ein einziges Gedicht, das ich geschrieben habe, mich überlebt, hat es sich gelohnt, gelebt zu haben". Dies gilt auch für das Paderborner Kindergebet „Schön, dass es mich gibt".

1981, kurz vor Herbstbeginn, saß Uwe Maria Natus im Wohnzimmer des Hauses in Paderborn-Wewer und bereitete sich auf eine längere Lesereise nach Südtirol vor. Seine fünfjährige Tochter Simone betrat an diesem Abend sein Studierzimmer und wollte sich für drei Wochen von ihrem Vater verabschieden. Sie sagte zu ihm den wundervollen Satz: „Papa, schön, dass es mich gibt". An diesem Abend und in dieser Nacht entstanden unter dem Eindruck dieser Aussage die ersten drei Strophen des Kindergebets. Die vierte Strophe schrieb Uwe Maria Natus zwei Tage später im bekannten Hotel Stiegl in Bozen.

Nach seiner Rückkehr zeigte er sein neues Gebet seinem Professor Dr. Dr. Friedrich Kienecker, Germanist, Theologe und Rektor an der Universität Paderborn und bat ihn um eine kritische Stellungnahme. Seine Antwort: **„Keine Zeile und kein Wort ändern! Ein Glücksfall!"**

Über vierzig Jahre sind seitdem vergangen. Das Paderborner Kindergebet hat mittlerweile viele Übersetzungen erlebt, wurde in Schulbücher, Kinderbücher und Anthologien aufgenommen. Generationen von Kindern, ja auch viele Erwachsene im In- und Ausland haben es auswendig gelernt und beten es als Abendgebet vor dem Schlafengehen. Es hat seinen nie geahnten „Siegeszug" in alle Welt und in die Herzen der Menschen angetreten. Die Kinder der schwedischen Königsfamilie beteten es, was ein Brief des Herrscherhauses urkundlich belegt. Papst Benedikt XVI. schrieb 1999 aus der Cita del Vaticano einen Segensgruß zum Paderborner Kindergebet. Mit großer Freude zeichnete Schwester Leonie von Meyenberg aus dem Michaelskloster in Paderborn die wunderschönen Federzeichnungen zu den Zeilen des Gebets. Die bekannte Heimatdichterin Clausmeyer - Glahn übersetzte das Gebet sogar ins Paderborner Platt. 2009 entstand eine bleibende Melodie auf Wunsch vieler Liebhaber des Textes.

Ma journée va finir (Uwe Maria Natus)

Ma journée va finir,
je ferme ma fenetre,
joins les mains en prière,
avant de m`endormir.

O Dieu, toi mon bon père,
mon voeu est d ètre a toi,
pour toujours garde moi,
exauce ma prière.

J` ai joué et bien ri
tout le jour, tu m`as conduit
à qui m´a comble aujourd´hui
accorde une bonne nuit.

Déjà je me rejouis,
un nouveau jour va naitre,
je te dis: Merci, maitre,
merci de m àvoir choisi.

Thanks God, I am here (Uwe Maria Natus)

My day is dawning,
I close my door,
I fold my hands for praying,
before I sleep und more.

Dear God, please listen to my holy words,
that I belong to yours,
where ever they will bring me,
my little, tiny shoes.

I played and laughed a lot
you showed me how, my lovely God,
please, give us all a wonderful night,
that honours me in all ways right.

A new day is born again,
I am so very glad at the end,
you made me being jour fan,
I thank you so much, my dearest friend.

Schön, dat et mäi güfft (Uwe Maria Natus)

Dat Paderbörner Kinnergebiät

Mäin Dag geiht niu te Enne,
ick sliut mäin Dörken täo,
un falle frumm de Hänne,
wie ick dat owends däo.

Diu leiwe Guad erhöre
Mäin kleine Owendleid,
dat ick blaut däi gehöre,
wohönn de Wiäg ak geiht.

Ick häwe spielt und lachet,
diu häs den Wiäg mäi lätt,
giw ollen eine gudde Nacht,
die för mäi surget hätt.

Un kümmet moärn de nigge Dag,
dann stoh ick munter up,
wat mäi de Häer ak given mag,
ick frögge mäi dorup.

Die Heimatdichterin Elisabeth Clausmeier - Glahn übersetzte das Paderborner Kindergebet von Uwe Maria Natus auf dessen Wunsch hin ins Paderbörner Platt.

Zeit des Lebens (Uwe Maria Natus)

Zeit zu haben, auszuruh‘ n,
um ganz einfach Mensch zu sein,
einmal lang Gewünschtes tun
und dazu ein Gläschen Wein.

Zeit, um mal ein Buch zu lesen,
Freunde treffen am Kamin,
und sich fühlen wie ein Wesen
ohne Stress und ohne Spleen.

Zeit, um richtig mal zu lachen
über sich und diese Welt,
auch mal dumme Sachen
machen,
wie`s gerade so gefällt.

Zeit für Wolken, Strand und
Sterne,
Sonne, Mond und stille Nacht,
träumen von der weiten Ferne,
was man sonst so selten macht.

Zeit, um sich mal zu verwöhnen,
und den Andern, den man liebt,
und mit Menschen sich
versöhnen,
weil es heut und morgen gibt.

Zeit, um besser zu verstehen,
weshalb Kriege sinnlos sind,
und mit klaren Augen sehen,
wer sie will, ist dumm und blind.

Zeit, um gut zu überlegen,
worin liegt des Lebens Sinn?
Denn du gehst auf allen Wegen
einer letzten Heimat hin.

Suche in dir nach den Schätzen,
die dir wichtig sind und gut,
lass dich nicht von Andern
hetzen,
balle keine Faust aus Wut.

Alles, was wir sind und haben,
hat mit Zeit und Raum zu tun,
und sind wunderbare Gaben,
die in jedem Herzen ruh`.

Zeit der Einsicht (Uwe Maria Natus)

Ich habe Zeit, um keine zu verschenken,
und suche Muße, die mir Freiheit schafft,
sie ist mir kostbar, soll mich lenken
und stärken, hin zu neuer Lebenskraft.

Die Zeit soll mich zu neuer Einsicht führen,
die Wunden heilt, mit Leben füllt,
kein Fremdgefühl in meinem Herzen schüren,
die Welt um mich herum in Frieden hüllt.

Die Zeit will ich als Sehnsucht neu begreifen,
vom Augenblick der Ewigkeit berührt,
dass alles wie des Sämanns Saat mag reifen,
zu neuen Ufern hin mich führt.

Ich möchte Zeit und Raum mir schenken lassen,
dass meine Seele all mein Tun begreift,
um diese Welt in Ruhe zu erfassen,
bis einst der Tod nach dem erfüllten Leben greift.

Ehemalige Abteikirche Marienmünster
Gedanken während des Orgelkonzertes, als Lied oder Choral gedacht (Uwe Maria Natus)

Marienmünster

Kommt in diese heil' ge Halle,
dass die Orgel froh erschalle,
bei Gesang mit der Trompete,
der Besucher dankbar bete.

Halleluja, Gloria

Hier schlägt feierlich ihr Herz.
Ob zur Freude und im Schmerz
spielt sie festlich für die Welt
unter Schöpfers Himmelszelt.

Halleluja, Gloria

Engel steh' n auf der Empore,
singen Lieder froh im Chore:
Herr, der Heiland, ist gebor`n,
Gott hat ihn uns auserkor`n.

Halleluja, Gloria

Zarte Klänge zieh`n durch Lüfte.
Wunderbare Weihnachtsdüfte
gleiten über Kirchenbänke,
für die Gläubigen Geschenke.

Halleluja, Gloria

Orgeltöne für die Seele,
Worte aus der Sängerkehle
dringen tief ins Herz hinein,
spüret sie wie reifen Wein.

Halleluja, Gloria

Lasst uns niederknien und beten,
um ins Paradies zu treten,
Dank sei für die Gottesgaben,
die den Sinn im Leben haben.

Halleluja, Gloria

Lasset uns die Schöpfung loben,
denn der Herr schaut zu von oben,
lasst uns leben hier auf Erden,
dass wir Menschen besser werden.

Halleluja, Gloria

Macht nicht die schöne Welt kaputt (Uwe Maria Natus)

Spürst du den Hass? Den Geiz? Die Gier?
Neid und Missgunst neben dir?

Die Welt ist rund, fast kerngesund,
doch ihre Haut ist schnell versaut.
Du darfst nicht ruh`n,
musst etwas tun,
wenn nichts mehr geht,
ist`s schon zu spät!

Drum lasst uns Kinder Gottes sein
mit allem Sinn und Streben,
dass alle Schöpfung, groß und klein,
das Recht besitzt zu leben.

Macht nicht die schöne Welt kaputt,
denn wie sie ist, ist sie so schön und gut!
Du darfst nicht ruh`n,
musst etwas tun,
wenn`s nicht mehr geht,
ist es zu spät.

Lied - CD Als die Welt Geburtstag hatte

O Heiliger Liborius (Uwe Maria Natus)

In Le Mans, am Sarthe - Fluss,
lebtest du, Liborius,
fromm im Frankenreich.
Für die Welt bist du geboren,
Gott hat dich uns auserkoren,
einem Wunder gleich.

Du bist Vorbild, Ehr` und Glori,
mit dir feiern wir Libori,
weil wir Christen sind.
Dir gilt unser großer Dank,
mit Liebe, Wort und Lobgesang,
du bist Gottes Kind.

Deine Saat geht auf im Leben,
dass wir nach Vollendung
streben,
hier in Gottes Reich.
Sei die Frucht und Herrlichkeit,
schenke Frieden, Einigkeit,
dir sind alle gleich.

Linde Kranken ihre Schmerzen,
heile Gram in jenen Herzen,
die in tiefer Not.
Steh uns bei am Leidensweg,
unterstützt durch Gottes Seg`,
hin bis in den Tod.

Bilde uns im Glauben aus,
tritt herein in jedes Haus,
nimm dir Ruh`und Zeit.
Treib das Böse aus der Welt,
dass die Seele sich erhellt,
Gott zum Dienst bereit.

Gib der Partnerschaft die Kraft.
Den Liebesbund der Brüderschaft
lenke mit Geschick.
Bau im Glauben starke Brücken,
rette uns vor Leid und Tücken,
sei ein Stück vom Glück.

Sei der Hirt für Leib und Seele,
schick den Teufel in die Höhle,
dass er uns verschont.
Hilf beim Tun im täglich Leben,
sollst Vernunft und Einsicht
geben,
dort, wo jeder wohnt.

Ruhmvoll mögen alle Zeiten
deine Taten uns begleiten,
wo wir geh‘ n und steh‘ n.
Wunder, die du einst vollbracht,
mögen leuchten Tag und Nacht,
sollen nie vergeh‘n.

O Libori, lass uns beten,
still vor Gottes Altar treten,
lass uns nicht allein.
Leib und Leben soll er hüten,
hilf, dass keine Kriege wüten,
gib uns Wasser, Brot und Wein.

O heiliger Liborius

Uwe Natus (Text)

Sebastian Freitag (Chorsatz)

O heiliger Liborius

Uwe Natus (Text)

Sebastian Freitag (Melodie)

Im Jahre 2022 erstmals im „Westfälischen Volksblatt“ veröffentlicht

Die Menschenpflichten (Uwe Maria Natus)

1. **B**ehandle jeden Menschen mit Respekt.
2. **V**erpflichte dich, dich für die Würde und die Selbstachtung eines jeden Enzelnen einzusetzen.
3. **F**ördere Gutes und meide Böses.
4. **W**as du nicht willst, was man dir tut, das füge keinem Andern zu.
5. **D**as eigene Ich hört da auf, wo das Ich des Anderen beginnt.
6. **H**andle friedlich und gewaltfrei.
7. **S**chütze jeden Menschen, denn er ist unendlich kostbar. Das gilt auch gilt für Tiere,Vegetation und Umwelt.
8. **S**chütze Luft, Wasser und Boden, auch der künftigen Generationen wegen.
9. **S**ei ehrlich und fair.
10. **L**ass jedem Menschen seinen erworbenen oder ererbten Besitz.
11. **H**ilf mit bei der Überwindung von Hunger, Armut, Unwissenheit und Ungleichheit.
12. **F**ördere mit deinem Talent, deinem Wissen und Deinen Möglichkeiten Würde, Freiheit, Sicherheit und Gerechtigkeit.
13. **E**ntwickle durch Fleiß und Anstrengung deine Fähigkeiten.
14. **U**nterstütze Bedürftige, Benachteiligte, Behinderte und die Opfer von Rassismus und Diskriminierung.
15. **N**utze dein Recht auf private, persönliche und berufliche Vertraulichkeit.
16. **N**utze die Freiheit der Kritik mit Umsicht und Verantwortung.
17. **U**nterlasse die Erniedrigung anderer Menschen.
18. **V**ermeide Vorurteile und Diskriminierung gegenüber Andersgläubigen.
19. **N**imm dich in die Pflicht, keinen Hass, keinen Fanatismus gegenüber Andersgläubigen zu säen oder durchzuführen.
20. **F**ördere Verständnis und gegenseitige Achtung unter allen Menschen.
21. **U**nterwerfe keinen, indem du ihn in moralischer und ethischer Hinsicht ausbeutest oder unterwirfst.
22. **V**erpflichte dich zur Verantwortung für die Sorgen und das Wohlergehen des Anderen.
23. **V**ersuche Sicherheit und gegenseitige Unterstützung zu geben.

Lebensweisheiten (Uwe Maria Natus)

Nicht die Nützlichkeit ist entscheidend,
sondern die Bereicherung.

Der Mensch (Uwe Maria Natus)

Das Vollkommenste am Menschen
ist das Unverwechselbare
eines jeden Einzelnen, nämlich
seine Einmaligkeit

Der kleine Vogel (Uwe Maria Natus)

Ein kleiner Vogel bin ich nur,
ein winzig Teilchen der Natur,
d` rum singe ich so wunderschön,
damit ich werd` von euch geseh‘ n.

Denn stellt euch vor, ich könnt‘ nicht singen
und müsste stumm den Tag verbringen,
und könnte euch mit keinem Lied
erzählen, was im Baum geschieht.

Hans Josef Becker Erzbischof von Paderborn

„Lasset die Kinder zu mir kommen, hindert sie nicht daran!

Denn Menschen wie ihnen gehört das Reich Gottes“! (Lk.18,16)

Wenn ihr dieses Liedheft mit der Paderborner Kindermesse aufschlagt, dann seid ihr schon in das Haus Gottes eingetreten, in die Kirche. Ihr sollt nahe bei Gott sein. Er hat euch eingeladen, um zu euch zu sprechen im Wort der Heiligen Schrift, und er will in eurer Mitte sein im Heiligen Mahl unter den Zeichen von Brot und Wein.

Ich freue mich, dass ihr diese Einladung angenommen habt und durch euer Beten und Singen sicherlich Gott eine Freude bereitet. Die Lieder der Paderborner Kindermesse möchten euch zeigen, wie schön es ist, Gott zu loben und zu preisen. So zeigt ihr gemeinsam mit allen im Gotteshaus, wie sehr ihr Gott liebt und wie wichtig es für euch ist, dass Gott euch jeden Tag begleitet und beschützt.

So wünsche ich euch allen, die mit euch singen und beten, viel Freude im Gottesdienst. Vertraut darauf, dass in eurem Leben genau das geschieht, was ihr im Schlusslied dieser Messe singen werdet:

„Auf allen meinen Wegen
bist du, mein Gott, bei mir
du gibst mir deinen Segen,
ich meine Treue dir.“

Gott segne euch, eure Familien und alle, die mit euch Gott loben und preisen.

Euer Erzbischof

+ H. J. Becker

Uwe Maria Natus

Alle Kinder dieser Welt
Die Paderborner Kindermesse

Lieder für den Morgen und den Abend,
mit einem Grußwort des Erzbischofs von Paderborn,
Hans Josef Becker

Eingangslied

Du lädst uns alle ein (Uwe Maria Natus)

Deine Freude teilen wir,
überall zu jeder Zeit,
deine Trauer teilen wir,
Herr, wir sind bereit.

Wir sind zu dir gekommen
um nah bei dir zu sein,
dein Wort ist uns willkommen,
du lädst uns alle ein.

Deine Freude teilen wir
überall zu jeder Zeit,
deine Trauer teilen wir,
Herr, wir sind bereit,

Du Vater aller Kinder
und Schöpfer dieser Welt,
liebst Große gar nicht minder
unterm Sternenzelt.

Deine Freude teilen wir
überall zu jeder Zeit,
deine Trauer teilen wir,
Herr, wir sind bereit.

Wir feiern deine Feste,
sie sind wie Sterne klar,
sind deine treuen Gäste,
du machst die Botschaft wahr.

Du lädst uns alle ein

Text: Uwe Natus
Melodie: Elisabeth Gieselmann

Loblied

Du hast uns das Licht gebracht (Uwe Maria Natus)

Du hast uns das Licht gebracht,
den Mond, die Sonne, die Sterne,
du hast uns zu Menschen gemacht,
die Welt, das All in der Ferne.

Du hast uns die Tiere vermacht,
die Luft, den Wald und die Meere
du hast uns die Fische erdacht
und alles der Schöpfung zur Ehre.

Du hast uns die Blumen gesät,
damit sie in Farbe erblühen,
du sorgst für uns früh bis spät,
wir wollen uns täglich bemühen.

Refrain

Wir preisen dich Herr alle Zeit,
wir rühmen deine Werke,
wir lieben dich in Ewigkeit
und bauen auf deine Stärke.

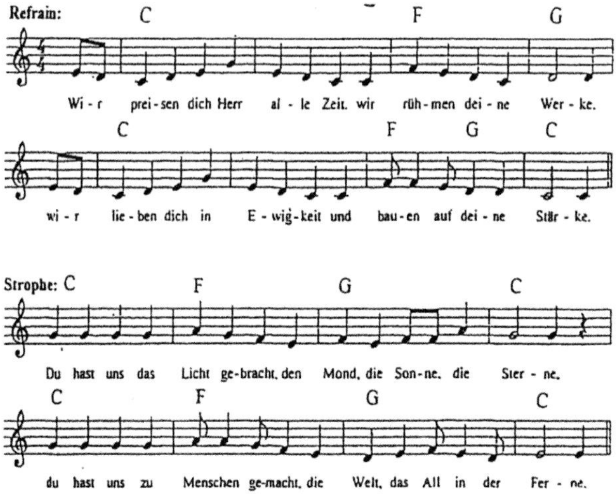

Text: Uwe Nanus
Melodie: Elisabeth Gieselmann

Zwischengesang

Wir wollen Rechtes tun auf Erden (Uwe Maria Natus)

Wir sind die Krönung deiner Werke
und werden groß auf dieser Welt,
du gibst uns jedem seine Stärke,
damit er froh sein Land bestellt.

Wir wollen Rechtes tun auf Erden
und Schwachen helfen in der Not,
damit wir gute Menschen werden
und teilen Wein und Brot.

Alle Menschen, alle Rassen
sind auf dieser Erde gleich,
lasst uns lieben und nicht hassen,
ob wir arm sind oder reich.

Wir wollen Rechtes tun auf Erden

Text: Uwe Natus
Melodie: Elisabeth Gieselmann

Gabenlied

Wir reichen unsere Hände dir (Uwe Maria Natus)

Mit frohem Herzen kommen wir,
du schenkst uns Brot und Wein,
wir reichen unsre Hände dir
und wollen dankbar sein.

Das Brot, den Wein verwandelst du
zu deinem Leib und Blut,
in dir, o Herr, wir finden Ruh
und nun wird alles gut.

Du hast die Herzen aufgemacht,
wir leben fest in deinem Geist,
du hast uns Kinder angelacht
und weißt, wie jedes von uns heißt.

Heilig

Heilig bist du, Gott und Vater (Uwe Maria Natus)

Heilig bist du, Gott und Vater,
der du in uns allen lebst,
heilig bist du , Gott und Vater,
der du hin zum Frieden strebst.

Beschütze unser Leben,
es ist noch jung und zart,
wir wollen alles geben
für einen guten Start.

Heilig bist du, Gott und Vater,
der du uns auf Händen trägst,
heilig bist du , Gott und Vater,
der du unser Leben prägst.

Text: Uwe Natus
Melodie: Elisabeth Gieselmann

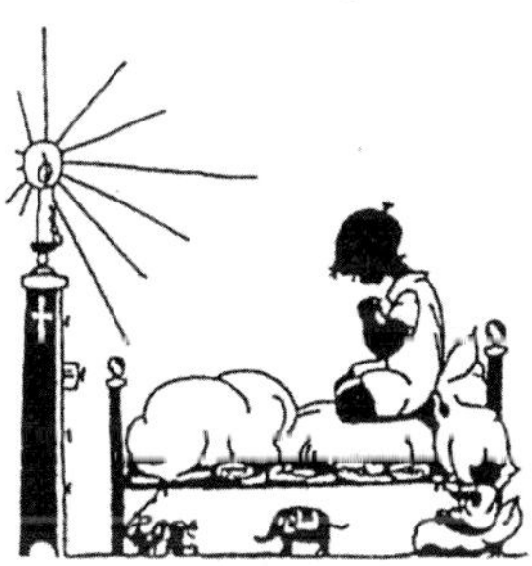

Mahllied

Halt mich fest in deiner Hand (Uwe Maria Natus)

Die meisten Menschen dieser Erde
werden wir wohl nie erleben,
deshalb lass uns danach streben,
die zu lieben, die wir kennen.

Lehre mich des Lebens Sinn,
schenk mir täglich den Verstand,
nimm mich so, wie ich bin,
halt mich fest in deiner Hand.

Sei bei Fehlern nicht erbost,
teile mit mir Freud und Leid,
sei bei mir und gib mir Trost,
mach mich groß, mach mich gescheit.

Refrain

Lass uns vertragen,
lass uns vergeben,
Freundschaft soll uns tragen
das ganze Leben.

Text: Uwe Natus
Melodie: Elisabeth Gieselmann

Schlusslied

Auf allen meinen Wegen (Uwe Maria Natus)

Auf allen meinen Wegen,
bist du, mein Gott, bei mir,
du gibst mir deinen Segen,
ich meine Treue dir.

Dein Wort in deinem Namen
begleitet all mein Tun,
was du gesät als Samen
wird blüh'n und in mir ruh'n.

Dein Werk wird gut gelingen,
auch wenn's nie fertig wird
und ich will fröhlich singen
das Lied von dir, mein Hirt.

Spür' ich einmal mein Ende
ganz nah' vor dem Gesicht,
so halten mich doch Hände
aus ferner Quelle Licht.

Auf allen meinen Wegen

Text: Uwe Natus
Melodie: Elisabeth Gieselmann

Lied zum Auswechseln

Schön, dass Gott mich liebt (Uwe Maria Natus)

Ich freue mich,
ich freue mich,
wie schön, dass es mich gibt,
ich brauche dich,
ich brauche dich,
wie schön, dass Gott mich liebt.

Ich suche dich,
ich suche dich
von jedem Tag an neu,
um dich zu fragen: Hörst du mich?
Ich bin dir Vater, treu.

Beschütze mich,
behüte mich,
du bist mein großes Schiff,
bin ich in Seenot, dann weiß ich,
umfährst du jedes Riff.

Sprechgesang

Alle Kinder auf der Welt (Uwe Maria Natus)

Alle Kinder auf der Welt
haben Recht auf Leben
und wem dieses nicht gefällt,
soll sein eignes geben...

Alle Kinder auf der Welt
reichen sich die Hände,
bilden einen Kreis, der hält,
eine Kette ohne Ende.

Alle Kinder auf der Welt
wollen endlich Frieden,
der für alle Zeiten hält,
dann sind sie zufrieden.

Alle Menschen auf der Welt
wollen wahren Frieden,
lasst ihn uns, damit er hält,
nun gemeinsam schmieden.

Alle Kinder auf der Welt

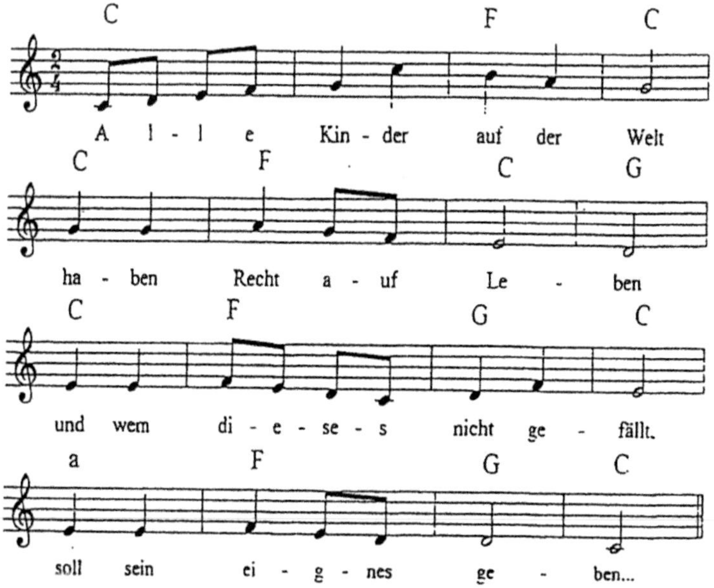

Text: Uwe Natus
Melodie: Elisabeth Gieselmann

Morgens, wenn mir Gott begegnet (Uwe Maria Natus)

Nach einer alten Volksweise (Weißt du, wieviel Sternlein stehen). Wilhelm Hey schrieb diesen Text im Jahre 1830 um. Uwe Natus schrieb 2002 einen neuen und zeitgemäßen Text, weil er die Melodie liebt und sie in Verbindung mit neuen Inhalten erhalten möchte.

Morgens, wenn mir Gott begegnet
auf dem Weg in meinen Tag,
er mein Tun und Werden segnet,
weil er mich aus Liebe mag.
Fröhlich falte ich die Hände,
morgens früh, am Tagesende,
Dank sei ihm für alles Sein.

Wenn mich einmal Sorgen drücken
und ich fühle mich allein,
will ich näher an ihn rücken,
um ganz nah bei ihm zu sein.
Was ich tu, wonach ich strebe,
wo ich steh und wo ich lebe
so wird Vieles nicht so schwer.

Wenn ich abends schlafen gehe
und mein Tag war voller Klang,
ich den Mond am Fenster sehe,
groß und rund und goldenblank.
Ja, dann leuchten tausend Sterne
aus der endlos weiten Ferne
in mein kleines Zimmerlein.

So vertrau‘ ich Gottes Gaben,
kostbar ist die Lebenszeit,
was wir sind und was wir haben
hält nicht bis in Ewigkeit.
Sicher gehe ich auf Pfaden,
fest gebaut durch Schöpfers Gnaden,
wie der Himmel und das Meer.

F
Mor - gens, wenn mir Gott be - ge - ge - net auf dem
C7 F Gm6
Weg - in mei - nen Tag, er mein Tun und Wer - den
C7 F Gm7 C7 F
seg - net, weil er mich - aus Lie - be mag. Fröh - lich
C7 F C7
fal - te ich die Hän - de, mor - gens früh - am Ta - ges -
F F Gm6 C7 F
en - de, Dank sei ihm für al - les Sein. - Dank sei
Gm7 C7 F
ihm - für al - les Sein.

Die Geschichte des Heiligen Liborius
(Uwe Maria Natus)

In jedem Jahr feiern wir in Paderborn mit unserem Erzbischof das Fest des Heiligen Liborius.

Das Fest zu Ehren des Heiligen Liborius hat eine sehr lange Tradition. Die Katholische Kirche, aber auch die Stadt Paderborn, gedenken gemeinsam mit den Menschen im Hochstift und darüber hinaus der großen Persönlichkeit eines Gotteshirten, der in seinem Leben sehr viel Gutes getan und bewirkt hat. Seine Ausstrahlung auf uns Christen leuchtet bis in die heutige Zeit hinein.

Die heutige Stadt Le Mans, in Frankreich an der Sarthe gelegen, war die Heimat des Heiligen Liborius. In dieser Stadt lebte er einst. Hier wirkte er und tat für seine Mitmenschen viel Gutes. Das Christentum war bereits eingeführt worden. Nur auf dem Land sah es noch etwas anders aus. Dort gab es fast nur Heiden. Sie feierten ihre Opferfeste an Steinaltären.

Während der Wintersonnenwende zogen die Gläubigen in den Wald, den ein fast undurchdringlicher Busch umgab. Beendet wurden die Feierlichkeiten mit der Opferung der Stiere. Dieser Kult konnte sich nur deshalb bis in das 4. Jahrhundert halten, weil die beiden Kaiser Jovinian und Valentinian es gestatteten, dass jeder seine Religion frei ausüben durfte. In jener Zeit wurde in Gallien das Mönchtum eingeführt.
Der Heilige Martinus, ein Freund des Heiligen Liborius, gründete im Jahr 360 ein Kloster bei Poitier. Auch nach Le Mans zog der Heilige Martinus mit seinen Mönchen. Sie warfen die Druidensteine um, fällten die dicken Eichen, welche für die Heiden heilig waren, und zerstörten beides. Oft begaben sich die Mönche in Lebensgefahr. Doch ihr Glaube an Gott gab ihnen die Kraft, sich immer wieder für die Lehre Christi einzusetzen, um die Heiden belehren zu können.
In dieser Zeit trat als vierter Bischof von Le Mans Liborius sein schweres Amt an. Er regierte 49 Jahre. Es ist überliefert, dass ihn Bischof Martin auf dem Totenbett besuchte, um ihm Trost zu spenden. Als Liborius starb, bestattete er ihn persönlich.

Der Heilige Liborius stammte aus einer angesehenen Familie. Leider wissen wir nicht, wann er genau geboren wurde. Auch der Ort, in dem er auf die Welt kam, ist uns leider nicht bekannt. Sicher ist aber, dass er schon als Jugendlicher den Wunsch hatte, sich ganz in den Dienst Gottes zu stellen. Er wurde von Geistlichen in Le Mans unterrichtet, unterstützt von seinen Tugenden: Demut und Bescheidenheit. Für ihn waren alle Menschen gleich, egal, woher sie kamen. Er war sehr beliebt. Kaum hatte er sein Amt als Bischof übernommen, bemühte er sich, seinen Mitmenschen ein gutes Vorbild zu sein. Er lebte die christliche Nächstenliebe vor, indem er zum Beispiel den Armen half. Sein festes Gottvertrauen, seine Einfachheit und seine Bescheidenheit, aber auch sein spürbarer Sinn für Gerechtigkeit zeichneten ihn aus.

Der Heilige Liborius war ein wohltätiger Mensch. Er baute in großer Zahl Kirchen und bewirkte viele Wunder. Seine Regierungszeit fiel in jene schwere Zeit, in der die Menschen im Land in immer größerer Zahl zum Christentum überwechselten. Der Kaiser verfolgte die Christen nicht mehr. Das Gegenteil war sogar der Fall. Sie erhielten nicht nur ihre Glaubensfreiheit, sondern neben ihren kirchlichen Rechten wurde ihnen auch eine Reihe weltliche Rechte zugesprochen. Vom Heiligen Liborius wissen wir, dass er der erste Bischof war, der die bürgerlichen Rechte mitversah. Seit Liborius zum Bischof gewählt wurde, änderte sich in seinem Leben nichts. Im Gegenteil: Seine Bindung und Verbindung zum Volk wurde nur noch enger. Er spendete den Kranken Trost, nahm sich der Not der Christen an und half, diese Not zu lindern. Viele Heiden ließen sich unter dem Eindruck dieses Mannes bekehren und taufen. Nach der Überlieferung sollen zahlreiche Wunder geschehen sein.

Ohne Geld konnten jedoch keine Kirchen gebaut werden. Für den Heiligen Liborius aber stand fest, dass die Kirche und ihre Liturgie im Mittelpunkt der christlichen Lehre stehen musste. Der Erlös aus den Gütern, aber auch aus den Abgaben der Diözese und aus den Spenden und Geschenken der Gläubigen wurde für den Bau herrlicher Gotteshäuser und für die Armenpflege verwendet. Als der Heilige Liborius im Beisein seines Freundes Martinus starb, wurde er unter großer Anteilnahme der vielen Christen auf einer am anderen Ufer der Sarthe gelegenen Kirche zu Grabe getragen. Dort fand er seine Ruhe neben dem Grab des Heiligen Julian. Auch an seinem Grab sollen Kranke geheilt worden sein.

Die Übertragung der Gebeine des Heiligen Liborius von Le Mans nach Paderborn

Im Jahre 795 wurde die Diözese Paderborn gegründet. Ihr erster Bischof hieß Hathumar. Ihm folgte von 815 - 862 Bischof Badurad auf dem Bischofstuhl. Er kam aus einem sächsischen Geschlecht. In dieser Zeit wurde der Bau des Domes zu Paderborn vollendet. Obwohl die Christianisierung große Fortschritte machte, gab es immer noch Heiden im weiten Land, die von der christlichen Lehre nichts wissen wollten. Da Bischof Badurad aber wusste, welchen großen Einfluss die Verehrung der Heiligen auf die Menschen hatte, kam er auf die Idee, Reliquien eines berühmten Heiligen nach Paderborn bringen zu lassen. Mit den Übertragungsberichten der Gebeine eines Heiligen erhoffte er sich, dass die Bevölkerung mit dieser Reliquie einen geistigen Mittelpunkt erhalten würde. Das Glück wollte es, dass zur selben Zeit auch in Le Mans ein Bischof mit sächsischer Herkunft saß: Bischof Alderich.

Beide, Badurad und Alderisch kannten sich vom Hofe Ludwig des Frommen und wohnten am Beginn des Jahres 836 dem Aachener Konzil bei. Es ist anzunehmen, dass die beiden sich während des Konzils über die Reliquienschätze unterhalten haben, die Le Mans in so reichhaltigem Maße besaß. Heute können wir es uns gut vorstellen, dass bei einer solchen Gelegenheit Badurad Aldrich bat, ihm für Paderborn und die Diözese eine Reliquie zu überlassen. Eine Gesandtschaft unter Führung des Priesters Ido und des Diakons Meinolfus wurde wenige Zeit später von Badurad nach Le Mans entsandt. Am 27. April trafen sie in Le Mans ein. Ido trug den Wunsch des Bischofs vor. Alderich versammelte den Klerus seiner Stadt, und dieser entsprach der Bitte der Paderborner Gesandtschaft. In feierlichem Zug begab man sich nun zum Grabe des Heiligen Liborius.

Die Gruft wurde geöffnet. Die Gebeine nahm man heraus und legte sie auf eine Bahre. Unter großem Jubel und Lobgesang hat sich nach den Übertragungsberichten Folgendes abgespielt:

Eine Frau wartete vor der Kirche. Seit vielen Jahren war sie blind. In jenem Augenblick, in dem man in der Kirche den Leib des Heiligen Liborius empor hob, konnte sie wieder sehen.Eine andere Frau führte ihren vom bösen Geist besessenen Sohn in die Kirche. Vergeblich hatte er in anderen Kirchen und Klöstern auf Heilung gehofft. Als er aber vor den Gebeinen des Heiligen Liborius stand, kniete er nieder und wurde geheilt. Ein Mann, dessen Füße seit vielen Jahren lahm waren, erlebte das Wunder, dass er wieder gehen konnte. Zur selben Zeit wurden die Gebeine des Heiligen Liborius in einer feierlichen Prozession in die Kathedrale von Le Mans überführt. Ein Stummer konnte plötzlich wieder sprechen. Das größte Wunder geschah aber wohl anschließend. Ein Mann, dessen Füße von Geburt an verkümmert waren, stand auf und verließ mit sicherem Schritt die Kirche.

Am nächsten Tag wurde der Heilige Liborius nach dem feierlichen Hochamt von der Kathedrale in einer großen Prozession zur Kirche des Heiligen Vinzenz gebracht, die nahe vor dem Tor der Stadt Le Mans lag. Von dort aus sollten die Gesandten aus Paderborn mit den Gebeinen in die Heimat zurückkehren. Doch nicht alle Christen, die das Schauspiel und die Wunder miterlebt hatten, waren mit der Übertragung der Gebeine einverstanden. Erst als Bischof Alderich in einer großartigen Predigt die Menschen beruhigte und sie davon überzeugte, dass es Gottes Wille sei, was da geschehe, wurden sie ruhiger und stimmten in den Lobgesang mit ein. Am 1. Mai 836 wurden Ido und seinen Gefährten in Gegenwart der Geistlichkeit und der Bevölkerung die Gebeine des Heiligen Liborius feierlich übergeben.

An diesem Tag schlossen Bischof Alderich und die sächsischen Gesandten aus Paderborn zwischen den Kirchen von Le Mans und Paderborn einen **Liebesbund ewiger Bruderschaft**, der zu einem lebendigen Zeichen des Glaubens und der immerwährenden Verbundenheit zwischen den Kirchen Le Mans und Paderborn führen sollte. Es entstand ein Bündnis der Liebe mit der Konsequenz, sich in Zeiten der Not und der Gefahr zur Seite zu stehen und zu helfen. Die vielen Verbindungen in der heutigen Zeit, aber auch in den Jahren der Kriege, haben dazu beigetragen, dass aus diesem Schwur von damals Taten von heute geworden sind.
Die Rückreise fand zu Fuß statt. Einen Teil der Wegstrecke begleitete sie noch das Volk. Es wird überliefert, dass unterwegs immer wieder Wunder geschehen sein sollen. Die Übertragung der Gebeine des Heiligen Liborius ging über Chartre und Paris bis hin zum Rhein. Dort hatten sich bereits bei Zons am anderen Ufer viele Menschen eingefunden, die von den Wundern gehört hatten. Am Pfingstsonntag gelangte die Gruppe mit den

Gebeinen des Heiligen Liborius in die Nähe von Paderborn und machten bei Salzkotten Halt an der Heder. Dort, während einer Messe auf freiem Felde, sollen fünf Kranke auf wunderbare Weise geheilt worden sein. Auch in der Domkirche wurde zur selben Zeit ein taubstummer Knabe geheilt. Badurad konnte sich an der Einholung der Gebeine nicht beteiligen, da er zur selben Zeit an einer Versammlung im kaiserlichen Palast zu Diedenhofen teilnehmen musste.

Eine unübersehbare Menge an Gläubigen zog mit dem Klerus den Gesandten entgegen. Die Priester sangen Psalmen und festliche Lieder. In tausendstimmigem Chor antwortete das Volk mit dem Kyrie Eleison. In feierlichem Zug wurden die Reliquien in den Dom nach Paderborn gebracht. Seit jener Zeit bilden sie das kostbarste Kleinod, welches die Paderborner Kirche besitzt. Sie sind der Ruhm und die Zierde der ganzen Diözese.

© Peter Vehlau

Die Sage erzählt, dass es bei den feierlichen Anlässen üblich war, dem Schrein des Heiligen einen prächtigen Pfauenschweif voranzutragen. Als nun die Paderborner Gesandtschaft sich mit den Gebeinen des Heiligen Liborius auf den Weg machte, um zurück in die Heimat zu laufen, flog

ihnen einen herrlicher Pfau voraus, um ihnen den Weg zu zeigen. Machten sie unterwegs einen Halt, um sich von den Anstrengungen des Marsches zu erholen, gönnte sich auch der Pfau eine Pause. Zogen sie jedoch weiter, so flog der Pfau ihnen wieder voraus. Als nun nach 28 Tagen die Gesandten in Paderborn vor dem Domportal ankamen, verharrte der Pfau so lange in der Luft, bis die Menschen mit den Reliquien in den Dom eingezogen waren. Dann flog er in die Höhe und setzte sich auf die Kathedrale. Kaum jedoch hatten alle im Dom Platz genommen, fiel er wie ein Stein zu Boden. Zum Andenken an diese Begebenheit wurde später bis heute dem Liboriusschrein ein Pfauenschweif vorangetragen. Den Pfau als Symbol kann man auf vielerlei Weise im Dom wiederfinden. Die Gebeine des Heiligen Liborius haben bis heute eine wechselvolle Geschichte erlebt. Nachdem sie fast 800 Jahre im Dom geruht hatten, wurde der Schrein 1622 von Herzog Christian von Braunschweig geraubt. Man nannte ihn auch den Tollen Christian. Er ließ aus dem alten Schrein Silbertaler prägen. Zwei davon sind auf dem neuen Schrein zu sehen. Am 25.10.1627 wurden die Gebeine des Heiligen Liborius zurück nach Paderborn gebracht. Die Rückkehr wurde festlich gefeiert. Und zur Erinnerung an dieses Ereignis feiern wir in jedem Jahr eine Herbstkirmes oder wie der Volksmund es sagt: Klein- Libori.
Im Jahre 1967 fand die Verbrüderung der Städte Le Mans und Paderborn auch auf kommunaler Ebene statt. Seit mehr als tausend Jahren besteht zwischen Le Mans und Paderborn in kirchlicher Tradition eine enge Verbindung. Sie hat sich über viele Jahrhunderte hinweg bis in unsere Zeit bewährt.

© Peter Vehlau

Die neue Domglocke zu Paderborn (Uwe Maria Natus)

Mai 2018

Den Schöpfer verehren,
gegossen als Dank,
den Glauben vermehren
ein Leben lang.

Den Christen ein Zeichen
zum ew`gen Geleit,
dem Bösen entweichen,
zum Frieden bereit.

Im Herzen ein Läuten
mit Gottes Vertrau`n,
es möge bedeuten,
Brücken zu bau`n.

© Peter Vehlau

Im Paderborner Dom (Uwe Maria Natus)

Freue dich, wenn du dir auf deinem Wegdurch den Dom oder durch deine Kirche die Zeit nimmst, um in der Stille zur Ruhe zu kommen und über dein Leben nachdenkst.

Freue dich und nimm dir Zeit
auf dem Weg durch Gottes Dom,
halte inne, sei bereit,
fühl' in dir den heil'gen Strom.

Zünde dir ein Lichtlein an,
komme hier zur Ruh',
jeder stille beten kann:
Hör' deinem Innern zu.

© Peter Vehlau

St. Nikolaus Die drei Töchter (Uwe Maria Natus)

In einer Nacht vor`m Weihnachtsfest,
ihn nichts mehr seine Ruhe lässt,
weit überall in Stadt und Land
ist er von Haus zu Haus gerannt.

Er füllt die Stiefel und die Teller
holt Selbstgemachtes aus dem Keller,
besucht die Armen, Kind für Kind,
die er beschenkt, wo sie auch sind.

Sankt Nikolaus ein guter Mann,
der hilft, wo er nur helfen kann,
er ist beliebt bei jung und alt,
sein Herz ist gut, und wird nie kalt.

Die Welt spielt heut ihr Wintermärchen,
bald wird das Jahr zu einem Jährchen.
Die Dächer sind aus Zuckerguss
und gibt dem neuen einen Kuss.

Die Nacht ist schön und wolkenklar,
die Zeit beginnt zu träumen
der Mond, so rund und wunderbar,
steigt hoch, weit über Bäumen.

Die meisten Menschen schlafen schon,
kein Laut ist mehr zu hören,
es konnte nur ein Glockenton,
die Weihnachtsstille stören.

In dieser Nacht, in seinem Haus,
sitzt Nikolaus beim Abendschmaus.
Er ist vergnügt und gut gelaunt
und sieht durchs Fensterchen hinaus.

Da hört er plötzlich einen Mann,
der weint und kaum noch sprechen kann.
Der ängstlich in der Küche sitzt
vor Leid und Trauer Wasser schwitzt.

Drei Töchter hat er, lieb und schön,
nie Schön`re hat man je gesehn,
sie lieben jede einen Mann,
und jede strebt die Hochzeit an.

Ihr Vater flucht auf diese Welt,
denn er ist arm, besitzt kein Geld
Er stöhnt und sagt es unverhohlen:
"Räuber haben mich bestohlen!"

Das hört Sankt Niklaus mit Bedauern,
sein gutes Herz lässt ihn erschauern.
Er schleicht sich leise, unentdeckt,
zum Nebenhaus und gut versteckt.

Ein kleines Fenster steht dort auf
und schon beginnt des Glückes Lauf.
Ein Säckchen, gut mit Geld gefüllt,
hat er in Goldpapier gehüllt.

Er wirft das Säckchen durch das Fenster,
der Nachbar hört`s "Sind da Gespenster?"
Schon ist Sankt Nikolaus verschwunden,
legt sich zum Schlafen hin für Stunden.

Der alte Mann ergreift das Geld,
das er beileibe nicht bestellt
und kann zur ersten Tochter sagen:
" Nun kannst du deine Hochzeit wagen!"

In nächster Nacht geschah das Gleiche,
die Zweite nahm, damit es reiche,
ein Säckchen voll mit Gold und Geld,
Doch wer war dieses Mal der Held?

In dritter Nacht versteckte sich
der Vater, und ein Schatten schlich
auf leisen Sohlen sich ans Fenster.
" Jetzt fass ich dich, du Glücksgespenster!"

Als er das Licht im Raum erhellt,
er das Gespenst zur Rede stellt:
" Mein Gott rief er, jetzt ist mir klar,
du bist Sankt Nikolaus, ist`s wahr?"

Doch Nikolaus erbittet Stille:
"Das was ich tat, ist Gottes Wille!
Nur wer die Not des andern sieht,
dem auch das gleiche selbst geschieht!"

Die Töchter wurden bald getraut
und später sich ihr Haus gebaut.
Sankt Nikolaus blieb stets der Mann,
dem Jederman vertrauen kann.

Der Frieden (Uwe Maria Natus)

Der Frieden beginnt nicht erst bei den Großen und
Mächtigen dieser Erde.
Der Frieden hat seine Wurzel in Dir.
Das kleinste Parlamentsgebäude der Welt ist Dein Herz
mit seiner linken und rechten Kammer. In ihm werden
Gefühle ausgetauscht, Entscheidungen vorbereitet
und in die Tat umgesetzt.
In ihm entstehen Liebe und Hass, Freude, Hoffnung
und Leid. In ihm wird über Sein und Nichtsein
entschieden.
Von hier aus fließen lebenswichtige Impulse bis in
die kleinsten und entferntesten Adern und Organe.
Geht es ihnen schlecht, spürt es das Parlament und
umgekehrt, bis hin zum Infarkt, der alles Leben
blockieren, schädigen oder für immer lähmen kann.
Alle Organe sind aufeinander angewiesen und deshalb
voneinander abhängig, wollen sie lebenstüchtig sein.
Ein gesundes und gut funktionierendes System ist die
Voraussetzung für den Willen zum Frieden.
Würden alle Menschen und Parlamente den festen
Willen besitzen und ihren Verstand in die Tat
umsetzen, damit es wahrhaften Frieden gibt, wäre
das Leben auf unserer Erde für alle gerechter, leichter
und dem Paradies auf dieser großartigen und
gefährdeten Welt ein kleines Stück näher.

Die Ballade vom Heiligen Martin (Uwe Maria Natus)

Wer reitet durch das Tor der Stadt
in weißer kalter Winternacht,
der keine Angst und Bange hat
und Mensch und Tier bewacht?

Jung Martin ist es, stark und groß,
zu helfen stets bereit,
und triff er einen, schwach und bloß,
teilt er mit ihm sein Leid.

In dieser Nacht, im dunklen Wald,
hält er den Rappen an.
Es stürmt und schneit, ist bitterkalt,
da sieht er einen Mann.

Der hockt am Stein am Wegesrand,
ihm fröstelt und ist kalt.
Da sieht er Martin, wohlbekannt,
gibt er ihm Hilf und Halt?

Jung Martin steigt von seinem Pferd
und schaut ihm ins Gesicht.
Der Bettler ruft: " Du machst nicht kehrt,
das gibt mir Zuversicht.

Mein Herr, ich bin in größter Not
und sterbe heute Nacht,
wenn du nicht hilfst vorm Morgenrot,
wird mir der Tod gebracht.

Ich trag nur Lumpen, bald wird`s hell,
die Kraft verlässt mich schon,
schenk warme Kleidung, hilf mir schnell,
mein Dank sei dir der Lohn."

Da zieht Jung Martin flink sein Schwert,
teilt seinen Mantel gern
und sagt zu ihm: " Du bist es wert,
das sah ich schon von fern."

Er deckt ihn mit dem Halben zu
und schenkt ihm Wein und Brot,
des Bettlers Seele findet Ruh,
befreit von größter Not.

Der Bettler sagt: " Mir wird schon warm,
das Leben hat mich wieder:
Dank dir, du hilfst mir, alt und arm,
beugst dich zu mir hernieder."

"**S**chon gut!", sagt nun Jung Martin fest,
" Gott ist es, der dich liebt,
und der dich nicht erfrieren lässt,
dir Licht und Wärme gibt."

Jung Martin hilft ihm sanft aufs Pferd,
der Bettler ist noch matt,
er greift die Zügel und macht kehrt
und reitet in die Stadt.

In dieser Nacht erscheint im Traum
Jung Martin Jesus Christ.
Er sagt ihm unterm Eichenbaum,
dass er`s gewesen ist.

"**I**ch war der Bettler, hab gefrorn
und trug dein halb Gewand,
bin Gottes Sohn, für dich geborn,
und reichte dir die Hand.

Wer einem andern Gutes tut,
hat es für mich getan,
du hast geteilt und das war gut,
die Liebe trieb dich an!"

Jung Martin wurde, das ist wahr,
getauft und guter Christ,
und später Bischof, viele Jahr,
bis er gestorben ist.

Er war ein Christ in seiner Zeit
und lebte er noch heut,
er wäre immer hilfsbereit
und Diener schwacher Leut`.

Erschienen im Gabriel Verlag - Thienemann Verlag Stuttgart
August 2016- Text: Uwe Maria Natus.
St. Martin war ein enger Freund des Hlg. Liborius.

Der wahre Engel (Uwe Maria Natus)

Du kannst ein wahrer Engel sein,
für dich und viele Andere,
tank auf dein Herz mit Sonnenschein,
geh froh hinaus und wandere.

Hilf` Mensch und Tier in Angst und Not,
wenn Geist und Körper leiden,
schenk ihnen Wasser, Worte, Brot
und bleib`dabei bescheiden.

© Sabine Struck

Der ewige Engel (Uwe Maria Natus)

Du hast immer einen Engel,
der dich liebt und an dich denkt,
der an deiner rechten Seite
dich begleitet und dich lenkt

Du hast immer einen Engel
früh am Morgen, Tag und Nacht,
der mit dir, ob Freud` ob Kummer
weint und noch mehr mit dir lacht.

Du hast immer einen Engel,
der dich lobt und niemals kränkt,
der Geduld hat und Vertrauen,
und wie du am Leben hängt.

Du hast immer einen Engel,
der im Dunkeln mit dir geht,
der für dich ein Licht anzündet
und dir stets zur Seite steht.

Du hast immer einen Engel,
was du auchgerade tust,
ob es schwierig oder leicht ist,
wenn du nachts im Zimmer ruhst.

Du hast immer einen Engel,
auch bei Schmerz und Einsamkeit,
der dir Herz und Seele streichelt,
jetzt und auch in Ewigkeit.

Sage DANKE deinem Engel,
der dir immer fliegt voran,
der sich niemals von dir wendet
und in Not dich trösten kann.

Der Einsiedler (Uwe Maria Natus)

Einst lebte fern der Städte Krach
im grünen Tal am kühlen Bach
ein weiser Mönch in Einsamkeit,
in Stille und Enthaltsamkeit.
Er meditierte Tag und Nacht
über`s Sein, von Gott durchdacht.
Die Vögel in den Bäumen sangen.
Da kam ein Mann des Weg`s gegangen.
Durch`s Wandern hat er Durst gekommen,
er war geschwächt, vom Marsch benommen.
Er bat: "Kannst du mir Wasser geben?
denn ohne Wasser gibt`s kein Leben."
Der Mönch ging mit ihm zur Zisterne,
am Himmel glänzten Mond und Sterne.
Er schöpfte Kühles mit den Händen,
um Wandrers Durst schnell zu beenden.
Als nun der Mann zufrieden war,
fühlte er sich wunderbar.
"Sag Mönch, was ist dein Sinn und Wille,
zu leben hier in aller Stille?",
so fragte er den Mönch spontan,
„mir hat das Wasser gutgetan!"
Der Mönch nahm sich zur Antwort Zeit,
Dann sagte er, zum Wort bereit:.
"Schau in das Wasser! Was siehst du?",
sprach nun der Mönch in Seelenruh.
Der Wandrer sagte: "Was soll sein,
nur Wellen, aufgewühlt und rein!"
Da schwieg der Mönch und sagte nichts
im Angesicht des Vollmondlichts.
Noch einmal stellte er die Frage.
"Ich sehe nun mein Angesicht,
beschienen durch des Mondes Licht."

"Verstehst du jetzt durch meine Frage
wenn ich von ganzem Herzen sage:
Als du das erste Mal geschaut,
hat sich kein Bild dir aufgebaut.
Das Wasser war vom Schöpfen wild.
Nun ist es ruhig und gestillt.
Du kannst dich klar in ihm erkennen
und jede Einzelheit benennen.
durch desWassers große Stille
siehst du dich selbst durch deine Brille.
Die Frage hat sich aufgeklärt:
Die Stille ist`s die sich bewährt,
du siehst bewusst dein Ebenbild,
was wohl für jeden Menschen gilt!"

Das kleine Glück (Uwe Maria Natus)

Manchmal ist das Glück so klein,
dass wir es nicht sehen.

Erst, wenn es ganz verschwunden ist,
bemerken wir seine Größe.

© Peter Vehlau

Im grünen Winkel (Uwe Maria Natus)

An einem schönen Morgen,
da ging ich in die Flur,
ganz ohne Ziel und Sorgen
genoss ich die Natur.

Ich suchte mit den Augen
des Frühlings Bilder mir,
um sie gar aufzusaugen,
des Schöpfers schönste Kür.

Es war mein Unbefangen,
die Neugier trug mich fort,
und als ich heimgegangen,
blieb mir so manches Wort.

Dankgebet (Uwe Maria Natus)

Bei allen guten Gaben
bin ich, mein Herr, dein Gast,
mit Freude darf ich haben,
was du gesäet hast.

Du speist mit mir am Tage,
du bist es, der mich liebt,
wie schön, dass ich dich habe,
bin stolz, dass es mich gibt.

Für Speisen und Getränke
sag ich dir vielen Dank,
bin ich mal krank, dann schenke
mir neue Kraft im Tank.

So segne heut`und morgen
den Tisch, so reich gedeckt,
und dass ich ohne Sorgen
werd` fröhlich aufgeweckt.

Und lieber Gott, beim Essen
von Wasser, Fisch und Brot,
darfst du sie nicht vergessen,
die Menschen in der Not.

Auch die kleinsten Kerzen (Uwe Maria Natus)

Auch die kleinsten Kerzen
schenken warmes Licht,
leuchten tief im Herzen,
dunkel wird es nicht.

Auch die kleinsten Worte
können Lichter sein,
öffnen Tür und Pforte,
sind wie Sonnenschein.

Auch die kleinsten Hände
können Gutes tun,
um am Tagesende
dankbar auszuruhn.

Kerzen, die nicht brennen,
schenken dir kein Licht,
lernst du niemals kennen,
auch die Wärme nicht.

An mein Kind (Uwe Maria Natus)

Wenn mir dein Lachen
Burgen baut,
du mit mir steckst
in einer Haut,

Wenn du dich zärtlich
an mich schmiegst,
in meiner Arme
Wiege liegst,

Wenn dein Gesicht
mit meinem schmust,
du nah‘ an
meinem Herzen ruhst,

Wenn deine Augen
Sterne sind,
ich glücklich bin,
mein kleines Kind.

An mein Kind

Uwe Maria Natus

Lass dich führ`n mit Gottes Segen (Uwe Maria Natus)

Lass` dich führ`n mit Gottes Segen
an des Schöpfers rechter Hand,
folge ihm auf guten Wegen,
durch des Lebens Wunderland.

Mache Sinn aus deinem Leben,
das die Eltern dir geschenkt,
ihm allein ist es gegeben,
dass er dich mit Freude lenkt.

Er ist dir dein treuer Hirte
ob am Tag und in der Nacht,
bete, dass er dich bewirte,
mit dir weint und mit dir lacht.

Was ist Gemeinde? (Uwe Maria Natus)

GEMEINSCHAFT

ERLEBEN.

MITEINANDER

ERNTEN

IM

NAMEN

DES

ERLÖSERS

Am Ende eines schönen Tages (Uwe Maria Natus)

Erfreu' dich an des Tages erste Strahlen,
die durch die Morgenröte zieh' n,
denk' nicht an Komma, Punkte und an Qualen,
an Dinge, die noch frisch in deinem Kopfe glüh' n.

Laß deine müden Glieder einfach locker hängen
und spanne keine Muskeln, wenn nicht nötig, an,
vergiß um dich Gesichter, diese bösen strengen,
zeig allen dich als lachend frohen Mann.

Und pfeif ein Lied mit beiden deiner Lippen,
beweise allen, daß du jetzt und wirklich lebst,
an deinem Stammtisch sollst du Bier und Frohsinn kippen,
bevor du langsam und mit Stolz nach Hause strebst.

Die Waage des Lebens (Uwe Maria Natus)

Wertvoll wie mein eigen Leben
ist das deine ebenso,
nehmen und mit Herzen geben,
macht uns glücklich und auch froh.

Dein und mein sind eine Waage,
streben nach dem Gleichgewicht,
Freud`und Leid ein jeder trage,
ob bei Dunkelheit und Licht.

Der Drehorgelmann (Uwe Maria Natus)

(Dem Drehorgelspieler von Libori)

Es lebte einmal ein Drehorgelmann,
er war mit der Orgel liiert,
er wusste genau, was sie spielen kann
und hat sie mit Liebe verführt.

Er spielte mit ihr sein schönstes Lied
aus einer vergangenen Zeit,
bis er ganz plötzlich vom Leben schied
und das für die Ewigkeit.

Sein Steckenpferd war die Narretei,
als wenn ihn der Teufel ritt,
er spielte mit ihr sich die Seele frei
und sang ihre Lieder mit.

Register gaben der Orgel den Saft,
ihr Blasebalg war die Lunge,
der Drehorgelspieler stemmte die Kraft,
als bekämen die Töne Junge.

Die Menschen standen staunend da,
vergaßen um sich die Welt,
und wer ins Gesicht des Spielers sah,
dem wurde das eigne erhellt.

Und als man ihn dann zu Grabe trug,
an einem sonnigen Tag,
sah man am Himmel den Engelsflug
mit ihm, den jeder so mag.

Nun spielt er weiter im Engelchor,
der Drehorgelmann von Welt,
bei Nacht öffnet Gott das Himmelstor,
ein Lied zur Erde fällt.

Die Uhr (Uwe Maria Natus)

Es greift der Zahn ins Rad der Uhr
und treibt die Zeiger an.
Der nächste Zahn, mit gleicher Kraft,
drückt seine Spitze in den Schaft,
damit das Zahnrad laufen kann.
Und bleibt ein Zeiger einmal stehn,
die Zeit wird trotzdem weiter gehn.
Die Uhr macht nicht das Leben wert,
kann auch kein Leben geben,
doch mancher Mensch, ganz unbeschwert,
trägt sie, um anzugeben.
So nagt an dir der Zahn der Zeit
vom Anfang bis zum Sterben,
für dich gilt nicht die Ewigkeit
du kannst nur `was vererben.
Den Menschen jagt noch eine Schiene:
die Uhr hetzt ihn, Termin, Termine...

Zwischen Lachen und Weinen (Uwe Maria Natus)

Zwischen Lachen und Weinen
schwingt die Schaukel des Lebens,
zwischen Lachen und Weinen
schwingt in ihr der Mensch

Lieber Mond, du stehst so stille (Uwe Maria Natus)

Ode an die Nacht

Lieber Mond, du stehst so stille
in der Nacht am Himmelszelt,
rund und schön, als Schöpfers Wille,
und verzauberst so die Welt.

Mancher glaubt, du würdest wandern,
alle Welt dein Handeln preist,
zichst von einem Stern zum andern,
es sieht aus, als wenn du reist.

Nur die Welt dreht sich im Kreise,
du stehst da wie ein Soldat,
wachst auf wunderbarer Weise
über Leben, Frucht und Saat.

Deine Pracht, die du entfaltest
über Städte, Wald und Flur,
Licht und Schatten du gestaltest,
welch` ein Wunder der Natur.

Tausend Sterne dich umgeben,
wenn du dich am Himmel zeigst,
du bist da, so lang wir leben,
du bist schön auch wenn du schweigst.

Und so lass mich selig schlafen,
schenke mir bei Nacht die Ruh,
sei mein Kapitän im Hafen
hör mir zu.

Hörst du in dir die Stille (Uwe Maria Natus)

Hörst du in dir die Stille,
wenn aller Lärm verstummt?
Sie ist für dich die Hülle,
als wärest du vermummt.

Ein einsames Belauschen
auf deinem Weg zu dir,
und nirgendwo ein Rauschen,
als schließe sich die Tür.

Du spannst in deinem Zimmer
dir deine Flügel auf,
und fliegst, als sei`s für immer
ein neuer Lebenslauf.

In Sehnsucht nach der Liebe,
die Welt ganz neu zu seh`n,
als wenn dir jemand schriebe:
ein Wunder ist gescheh`n.

Die Sehnsucht fängt die Sterne,
der Himmel kommt zu dir,
er öffnet Herz und Ferne
und ist wie eine Kür.

Glück der Liebe (Uwe Maria Natus)

Du schaust mir in die Augen,
ich seh` in dich zurück,
und unsre Blicke saugen
sich an vor Freud`und Glück.

Wir schenken liebe Worte,
verschlüsselt und mit Reim,
dein Herz als Seelenpforte
öffnet sich geheim.

Liebe sollst du so begreifen,
wie eine Blume, die sich müht,
zu wachsen und gesund zu reifen,
und bei Dunkelheit noch blüht.

Stille

Nacht

Stille Nacht

Ein gelungenes Gedicht ist daran zu erkennen, in welcher Weise es innere oder äußere Erfahrung verdichtet, konzentriert auf eine in sich schlüssige Form oder getragen von einem Bild, einem Gedanken, in dem Sinn erscheint.
So scheint es auf den ersten Blick sinnlos oder jedenfalls überflüssig zu sein, noch ein Gedicht über Weihnachten zu schreiben. Ist nicht alles wieder und wieder gesagt? Wer hört noch auf den Anspruch des Wortes Weihnachten?
Welchen Sinn verbinden wir noch angesichts des chaotischen, lärmenden, grellen Trubels und Putzes der Adventswochen?
Wie schal sind die Reste nach dem Fest? Wie laut klopft die Leere ans Fenster? Ach ja... die schönen alten Lieder „Vom Himmel hoch, da komm ich her“, „Alle Jahre wieder“, „Stille Nacht, heilige Nacht“, die sich in der Betriebsamkeit unserer Tage längst ins Gegenteil verkehrt haben. Vier Wochen täglich wachsender Lärm, manipulierte Fröhlichkeit, Seelen tötende Ablenkung und Verdrängung. Aber wo auf erden findet die Botschaft noch Gehör?
Weihnachten ist nur in der Stille. Stille ist mehr als lautlos, stumm sein! Stille entsteht in der fast atemlosen Spannung hin auf jene Nacht, die zu ihrer dunkelsten Stunde (also der halben Nacht) sich einem Licht ausliefert, das nicht verwirrt und ablenkt, das kein rasch verglühendes Feuerwerk veranstaltet, keine noch so raffinierte Lasershow, sondern Herz und Geist sich sammeln lässt auf die Begegnung mit einem Geheimnis hin, das eingeschlossen ist in die Brückenpfeiler von „Stille“ und „Nacht“, wenn Stille die volle Aufmerksamkeit des Herzens weckt.
Zwei Worte in dem Gedicht von Uwe Maria Natus suchen und spannen einen Bogen von Licht über dem Dunkel der Nacht. Mitten in der Nacht erscheint ein Licht, das die Menschen zu des LICHTES KINDER macht...

Prof. Dr. Dr. Friedrich Kienecker
Germanist und Literaturwissenschaftler

In Paderborn, da lass dich nieder (Uwe Maria Natus)

In der Mitte von Europa
liegt die alte Bischofsstadt,
Wälder, Flüsse ante Porta,
in den Dörfern spricht man Platt.

In der Stadt zieht die Kultura,
wurzelnd in der Tradition,
durch die Moderne ihre Aura,
vererbt vom Vater auf den Sohn.

Wo alljährlich Ende Juli
Welt und Kirche sind vereint,
und zu Ehren Sankt Libori
hell zum Fest die Sonne scheint.

In der Stadt lässt es sich leben
bei guter Luft und vielem Grün,
wo frohe Bürger vorwärts streben
und Handel, Handwerk fleißig
blüh n.

Wo du nach hartem Arbeitstage
bei Sport, Musik und Spiel
entspannst,
und nach so mancher
Müh` und Plage
in aller Ruhe Mensch sein
kannst.

Die Stadt ist stolz auf ihre Uni
und auf der Kirche Qualität,
auf Schulen, Schützen, Industrie,
der Markt am Dom hat Qualität.

Die junge alte Stadt hat Quellen,
und jede sprudelt hell und klar,
sie mögen Kopf und Herz
erhellen,
du schöne Stadt, wie bist du
wahr!

In Paderborn, da lass dich
nieder,
in dieser Stadt fühlst du dich
wohl,
wer sie verlässt, kommt gerne
wieder,
von Ost nach West, von Pol zu
Pol.

Der Markt am Dom (Uwe Maria Natus)

Vom Gaukirchturm singt früh die Meise,
die Sonne sei auf Tagesreise
und auf dem Wege nach Kap Horn
besuche sie auch Paderborn.

Und schaut in Bodemanns Cafe.
Aus Marzipan ein kleines Reh
grast brav in der Vitrine,
und wird gegessen, ach o weh,
von Linnemanns Sabine.

Ein Huhn vergleicht auf seine Weise
an einem Stand Geflügelpreise,
damit im Leben es erfährt,
was bin ich, wenn ich tot bin, wert.

Die alte Dame, froh und munter,
bei Schmidt im Schildern geht sie unter...

© Peter Vehlau

Lebenskunst (Uwe Maria Natus)

Selber sein im eigen Denken,
seiner Worte Sinne lenken,
seine Meinung fair vertreten,
anders Denkende nicht kneten.

Seiner Lieben Sorgen tragen,
wahre Dinge kritisch wagen,
Tun und sein, wie man halt ist,
ohne Scheu und ohne List,

Rücksicht nehmen, so man kann,
was der Nachbar besser kann.
Wer sich darin kann beweisen,
darf den Himmel auch bereisen.

Hymne der Deutschen (Uwe Maria Natus)

Wenn ich an mein Deutschland denke,
an die Einheit jetzt und hier,
betend meinen Blick ich lenke
lieber Gott, ich danke dir.

Alles Warten hat ein Ende,
Schwestern, Brüder, reicht die Hand,
schließet einen Kreis der Hände,
wachse einig Vaterland.

Ohne Zukunftsangst im Herzen,
über alle Grenzen fort,
sollen nie mehr Wunden schmerzen,
ob im Fleische, ob durch` s Wort.

Allen Menschen sei gegeben,
ein Europa aufzubau`n,
um in freier Luft zu leben,
ohne Mauer, ohne Zaun.

Alles, was wir tun auf Erden
liegt in unsres Schöpfers Schoß,
alles Tun und alles Werden
wird durch Liebe stark und groß.

Demokratisch lasst uns streiten
um den möglichst besten Weg,
nur was gut ist, mag uns leiten
stets mit Gottes Hilf` und Seg` .

Zu singen nach „Freude schöner Götterfunken"
von Ludwig van Beethoven

Geschrieben im Jahre 1990 zur Wiedervereinigung Deutschlands

Das westfälische Gloria (Uwe Maria Natus)

Endlich schließen die Geschäfte,
eine stille Zeit beginnt,
alle Sinne, heil`ge Kräfte
weisen auf das Christuskind.

Auf dem Weihnachtsmarkte stehen
Menschen, die mit sich versöhnt,
wunderbare Düfte wehen,
als das Gloria ertönt.

Hört! Es blasen die Posaunen,
in der Kirche singt ein Chor,
welch`ein Klingen, welch`ein Staunen,
und der Himmel wird zum Tor.

Hoch vom Turm, wie helle Glocken,
blasen Engel die Trompete,
auf die Stadt wie zarte Flocken
fallen Töne zum Gebete.

© Peter Vehlau

Das Mühlenrad (Uwe Maria Natus)

Es dreht das Mühlenrad sich leise
um seine Achse still im Kreise.
Verankert steht es fest im Schaft
und läuft und läuft durch Wasserkraft.

Die Pader fließt und staut zugleich,
macht jede Schaufel voll und reich,
es rauscht und flüstert immerzu
ganz ohne Rast und ohne Ruh‘.

Aus Eichenholz ist das Gerippe,
das Wasser schiebt mit Macht die Schippe.
Was sie sich nimmt, schenkt sie beglückt
und unbeirrt dem nächsten Stück.

Hört ganz leis‘ des Mühlrads Märchen:
Rad und Wasser sind ein Pärchen,
es erzählt aus alter Zeit
Geschichten über Freud‘ und Leid.

Stillstand ist der Welten Tod
vom Morgen bis zum Abendrot.
Bewegung aber ist das Leben,
das Mühlenrad soll Beispiel geben.

Das Karussell (Uwe Maria Natus)

Familie Bröckling gewidmet

Wie in frühen Zeiten schon
fährt das alte Karussell,
und es bleibt die Attraktion,
wie ein guter Stern, so hell.

Mit Musik dreht sich im Kreise,
Juppi Bröcklings Karussell,
und die Kinder gehn auf Reise,
langsam, schneller und dann schnell.

Eva reitet flink zu Pferde,
seht! Es dampft und mit viel Mut
fliegt sie über Kirmeserde,
bis das Karussell sanft ruht.

Auf dem kleinen Schimmel reitet
Mäxchen, wie ein König stolz,
bis der Horizont sich weitet,
und lebendig wird das Holz.

Gondeln gleiten hin wie Schwäne
und erfreuen Jahr für Jahr
wie auf einem Teich die Kähne,
Kinderträume werden wahr.

Und im bunten Kassenhäuschen
sitzt der Jupp, verkauft die Chips,
eins für Kathrin, eins fürs Kläuschen
und die neusten Reisetipps.

Auch die Welt dreht sich im Kreise,
wie das schöne Karussell,
und auf wunderbare Weise
geht´s mal langsam und mal schnell.

So ist auch das Erdenleben,
wie im Flug vergeht die Zeit,
und was Gott dir mitgegeben,
bleibt ein Hauch von Ewigkeit.

Bettlers Weihnachtswunsch (Uwe Maria Natus)

Lieber Gott, ich weiß genau,
du wirst mich beschützen,
ich bin eine arme Sau,
trinke nur aus Pfützen.

Lieber Gott, ich warte noch,
habe viel Geduld,
pfeife aus dem letzten Loch,
bin wohl selber schuld.

Lieber Gott du hast zu tun,
wirst auch sehr gebraucht,
du hast recht, dich auszuruhn,
weil dein Job dich schlaucht.

Lieber Gott, ich weiß nicht wem
du die Zeit so schenkst,
ehrlich, es wär`angenehm,
wenn du an mich denkst.

Weihnachtswünsche (Uwe Maria Natus)

Wenn ich tausend Wünsche hätte,
kostenlos und ohne Wette,
würde ich den ganzen Tag
wünschen, was ich haben mag:

Autos, die kein‘ Sprit verbrauchen,
Menschen, die ab jetzt nicht rauchen,
Kinder, die wie Vögel fliegen,
Fußballspielen und nur siegen.

Blumen, die sich selber gießen,
Märchen, die wie Unkraut sprießen,
Honig aus dem Wasserhahn,
eine eig’ne Eisenbahn.

Lieder, die wie Brücken sind
Und ein Haus für jedes Kind,
eine Sprache auf der Welt,
Frieden, der für immer hält.

Weihnacht voller Eis und Schnee,
und zu Hause eine Fee,
die für Mutter alles tut,
denn die Ruhe tut ihr gut.

Lieber Weihnachtsmann bedenke,
alles, was ich Andern schenke,
wunschlos wäre dann mein Glück,
käm’s im nächsten Jahr zurück.

Besonderer Beitrag zur 1200-Jahrfeier der Stadt Paderborn

Pilger auf dem Translatio-Weg

Paderborn (gevo). Einen außergewöhnlichen Beitrag zur 1200-Jahrfeier der Stadt leisteten 1977 sechs Bürger: 1141 Jahre nach der Translatio der Reliquien des heiligen Liborius von Le Mans nach Paderborn startete die Pilgergruppe am 10. Juli in der Stadt an der Sarthe.

Rund 1000 Kilometer Fußwege waren zu bewältigen, täglich zwischen 30 und 40 Kilometer. Generalvikar Bruno Kresing empfing die Pilger nach 34 Tagen am 13. August vor 25 Jahren am Portal des Paderborner Doms.

Zu Fuß folgten Initiator Uwe Natus (Wewer), Inge und Helmut Gaus aus Borchen und die Altenbekenerin Edith Wehrmann der historischen Route der Gesandten des zweiten Paderborner Bischofs Badurad. Willi Oppermann und Herbert Schlensak waren im vorausfahrenden Wohnwagen zuständig für die Logistik, in Wewer hielt Feuerwehrchef Franz Brandt Kontakt.

Mit Jagdhund Robby

Erwähnung finden soll auch der achtjährige Jagdhund Robby, der die Gruppe begleitete.

Uwe Natus, Pädagoge, Puppenspieler und Jugendbuch-Autor, erinnert sich an die Fußmärsche im besonders heißen Sommer 1977 von Le Mans nach Paderborn: »Wir hatten uns gut vorbereitet, aber nicht mit solchen Strapazen gerechnet.«

Bischof Alix verabschiedete die Pilger in Le Mans. Hier hatte Liborius 49 Jahre als Bischof gewirkt. Er starb 397 und wurde in der Apostelkirche bestattet. Fast 450 Jahre später vereinbarten die Bischöfe Aldrich (Le Mans) und Badurad (Paderborn) auf Initiative von Kaiser Ludwig die Überführung der Liborius-Reliquien aus Westfranken ins Sachsenland. Am 1. Mai 836 machte sich die Gesandtschaft unter Leitung des Archidiakons Meinolf auf den Weg nach Paderborn. In der Domburg über den Quellen der Pader wurde 28 Tage später die Ankunft der Reliquien mit »unausprechlichem Jubel« empfangen.

(Stadtgespräch)

Ein Findling in Wewer am Fixberg mit den Daten Le Mans 836 und Paderborn 1977 erinnert an die Pilgergruppe, die vor 25 Jahren 1000 Kilometer auf dem historischen Weg der Liborius-Reliquien zurückgelegt hat: Uwe Natus, Herbert Schlensak, Willi Oppermann, Edith Wehrmann sowie Inge und Helmut Gaus (v.l.).

Das Mädchen mit dem blauen Hut (Uwe Maria Natus)

Es war an einem Sonntag im Juli.

Ich sah das Mädchen zum ersten Mal, als es sich auf eine der roten Bänke vor meine Puppenbühne setzte. Es trug ein gelbes Sommerkleid mit weißen Punkten und den Kopf schmückte ein hellblauer Strohhut. Nun waren die Sitzplätze alle besetzt. Kinder und Erwachsene warteten gespannt und voller Neugierde auf das, was sich mit dem Öffnen des roten Samtvorhangs im nächsten Augenblick ereignen würde. Die Sonne schien und der Kirmesplatz war gefüllt mit Lachen, fröhlicher Musik und den lauten Werbesprüchen der Schausteller. Nun muss ich euch erklären, wer ich bin: Als Puppenspieler reise ich mit meiner Bühne durch das Land und versuche mit dem Erlös durch ein uraltes Spiel die hungrigen Mäuler meiner Frau und meiner drei Kinder zu stopfen. Und vielleicht bleibt ja auch noch etwas für die schönen Seiten des Lebens von den Spenden und Eintrittsgelder übrig, die ehrliche Zuschauer vor und nach der Vorstellung in den bereitgestellten Korb werfen.

Meine kleine Puppenbühne haben schon meine Eltern und Großeltern bespielt. wenigen Minuten und mit einfachen eingeübten Handgriffen aufgebaut, steht sie da und ist auf die größten Abenteuer der Welt vorbereitet. Glaubt mir, das moderne Fernsehen kann meinen Guckkasten an Spannung und Lebensfreude nicht überbieten. Oder hat euer Fernseher Daheim euch schon einmal geantwortet, wenn ihr eine Frage hattet oder eure Sorgen und Meinungen loswerden wolltet?

Durch ein kleines Loch im Vorhang sah ich genau, wann ich beginnen konnte. Dann ertönte die uralte Glocke und es wurde plötzlich mucksmäuschen still. Und auf meiner alten Mundharmonika, die, wie ich zugeben muss, schon bessere Jahre erlebt hat, spielte ich das berühmteste Lied der Welt.

Und der Kasper sang dazu:" Tri - Tra - Trullala, Kasperle ist wieder da. Seid ihr alle da?" rief der Kasper. "Ja!", schrien die Zuschauer, und der Vorhang ging auf. Die Vorstellung konnte pünktlich beginnen.

Das Mädchen mit dem blauen Hut fiel mir sofort auf. Ja, ich hatte den Eindruck, als wenn es jede Bewegung, die ich mit dem Kasperle machte, sofort mit ihren Händen nachzumachen versuchte. Und doch tat sie es anders. Die Bewegungen, die sie mit ihren Armen und Beinen, ja auch mit dem Kopf nachvollzog, waren abgehackt und glichen einem Rhythmus und einem Ablauf, den ich nur von Robotern her kannte, die im Computermuseum am Rande der Stadt zu bewundern sind. Das Mädchen sprach kein einziges Wort und es mir fiel auf, dass die anderen Zuschauer nach kurzer Zeit ihr Interesse nicht mehr meiner Kunst, sondern nur noch dem Mädchen widmeten, das in sich versunken auf der Bank saß. Ihre abrupten Bewegungen irritierten mich, während die Gäste sich ein Vergnügen daraus machten, dem eigenen Spiel des Kindes zuzuschauen. Irgendetwas mit ihr stimmte nicht, so dachte ich. Sie musste, wie ich annahm, verhaltensgestört sein. Und einige Leute zeigten sogar mit dem Finger auf sie und sagten: "Schaut mal, die ist ja verrückt! Sie ist krank und versucht, unsere Aufmerksamkeit zu erreichen." Auch einen Vater oder eine Mutter des Kindes konnte ich auf den Bänken nicht entdecken. "Das arme Mädchen" dachte ich.

Mit großer Selbstdisziplin spielte ich mein Stück an diesem Tag zu Ende, denn das Mädchen ging mir nicht mehr aus dem Kopf. Dann legte ich das

Krokodil und den Kasper aus den Händen. Doch als ich vor die Bühne trat, war der blaue Hut wieder wie vom Erdboden verschwunden. An den nächsten Tagen wiederholte sich die gleiche Situation. Kaum hatte ich mit meiner Aufführung begonnen, saß das Kind wieder vor der Puppenbühne und machte mit den Armen, mit den Händen und dem Kopf die gleichen Bewegungen wie an den Tagen vorher. Es kam mir wirklich so vor, als sei sie ein Roboter, ein Wesen, das einstudierte Bewegungen nach einem einprogrammierten Ablauf runterspulte. Mir wurde es unheimlich zumute. Ich hörte immer wieder die mitleidsvollen Bemerkungen einiger Zuschauer.

Ich hatte plötzlich Angst, ich könnte dem Mädchen nicht helfen und ihm nicht zur Seite stehen, wenn es einmal unkontrolliert durchdrehen sollte. Ich machte mir ernste Sorgen. So etwa hatte ich noch nie auf Libori erlebt. Und kaum trat ich wieder vor die Bühne, war das Mädchen auch schon wieder verschwunden. Es schien sich in Luft aufgelöst zu haben. Am nächsten Tag, es war der letzte Tag der jährlichen Kirmes, gönnte ich mir einen Spaziergang durch die Stadt, die mit bunten Fahnen geschmückt war. Es roch an allen Ecken nach tausend wohlriechenden Dingen, die eine gute Kirmes auszeichnet. Vor einem großen Kaufhaus sah ich plötzlich eine Traube von Menschen, die offensichtlich einer besonderen Attraktion zuschauten. Aus Neugier drängelte ich mich durch die Menge und sah einen Mann mit einem schwarzen Zylinderhut auf dem Kopf. Der Mann stand unbeweglich auf einem Sockel und war mit einem schwarzen Anzug vekleidet. Sein Gesicht war weiß angemalt. Seine grellen roten Lippen leuchteten in der Vormittagssonne. An den Füßen trug er weiße Schuhe. Seine weit aufgerissenen Augen blickten starr und ohne sich zu bewegen in die begeisterte Menschenmenge. Selbst lustige und derbe Sprüche konnten ihn nicht aus der Ruhe bringen.

Wie eine in Beton gegossene Statue stand er da, nicht die kleinste Bewegung seines Körpers war zu entdecken.

Doch plötzlich, wie von einer Uhr aufgezogen, begannen sich seine Gliedmaßen ruckartig und in kleinen Schritten in Bewegung zu setzen. Wie ferngesteuert bewegten sich seine Arme, Beine und auch der Kopf. Ich hatte den Eindruck, er sei eine Maschine ohne Herz und Seele.

Ich war fasziniert und konnte mich an dieser, seiner Kunst, immer wieder satt sehen. Welch eine Selbstbeherrschung und Ausdauer muss dieser Akt inne haben? Wie leicht und anders aus der natürlichen Bewegung heraus ist doch mein Spiel mit den Kasperlefiguren, die ich so liebe und auch mit meiner Kunst in Vollendung durchs Leben führe.

Plötzlich hörte ich das Klimpern von Geldstücken. Zwischen den Reihen drängelte sich ein kleines Mädchen durch die Menschenmenge. Es hielt einen blauen Strohhut den gaffenden Zuschauern unter die Nase und bat um eine kleine Spende für die hohe Kunst des Mannes auf dem Sockel. Erstaunt erkannte ich jenes Mädchen wieder, welches Tag für Tag auf einer der Bänke vor meiner Puppenbühne gesessen hatte.

"Danke, danke!" hörte ich ihre Stimme sagen und ihre Stimme kam mir bekannt vor. Es war wirklich das Mädchen mit dem blauen Hut. Ich nahm ein Geldstück aus meiner linken Hosentasche und warf es in den Hut, der schon so manche Münze beherbergte. Ich sah dem Mädchen ins offene Gesicht. Es lachte zurück. Es hatte mich erkannt. "Du bist der Puppenspieler von der Kirmes", rief es laut. Und dann sagte es: "Dein Puppenspiel ist schön! Danke!"

"Und du? Wer bist du?", fragte ich neugierig. "Ich heiße Emilia und der Mann dort auf dem Sockel ist mein Vater!", antwortete sie stolz. Ich will einmal so werden wie er!"

Und schon war sie wieder zwischen den Menschen verschwunden. Nur ihre fröhliche Stimme war zu hören, wenn sie " Danke!" sagte. Das Klingen der Münzen in dem blauen Strohhut hörte sich wundervoll an. Erleichtert und nachdenklich ging ich langsam zurück zu meiner Puppenbühne. Die Bänke waren bis auf einen Platz besetzt. Mein ewiges Spiel mit dem Kasper, dem Teufel und dem Krokodil konnte nun von neuem beginnen. Nur das Mädchen mit dem blauen Strohhut fehlte.

Vita Uwe Maria Natus

Der Schriftsteller Uwe Natus schrieb eine Vielzahl von Büchern in bekannten deutschen Verlagen und erhielt zahlreiche Preise und Auszeichnungen, u. a. den Österreichischer Staatspreis für Kinder- und Jugendliteratur (Ehrenliste).

Weitere Auszeichnungen:

- Ehrenbecher der Stadt Paderborn
- Kleiner Kritikus - Kulturpreis Westfälisches Volksblatt / Westfalenblatt
- Sonderpreis der Harlekinade in Hessen als Anerkennung für sein hervorragendes Puppenspiel
- 2017 Verdienstmedaille der CDU Deutschland aus Berlin als Dank u. a. für seine großen Verdienste um das Kulturgut Puppenspiel
- Stadt Paderborn: Orden ohne Namen für einen guten Namen.

Uwe Natus ist Ordensträger des Ordenskapitels der Heimatbühne und war 50 Jahre ehrenamtlicher Puppenspieler auf dem Liborifest. Eine Legende. Rektor der Patrokli - Schule in Soest und der Grundschule Wewer in Paderborn.

Initiator der ersten Wanderung auf den Spuren des Heiligen Liborius zum Stadtjubiläum der Stadt Paderborn im Jahr 1977 von Le Mans nach Paderborn, 1000 Km mit einer Pilgergruppe zu Fuß.

Lehrbeauftragter an der Universität Paderborn.

Aufführungen mit seinem Puppentheater im Künstlerhaus der Stadt Wien. Einladungen und ehrenvolle Auftritte mit seiner Puppenbühne auf den Kinderfesten des Bundespräsidenten Wulf und des Bundeskanzlers Kohl Fernseh- und Rundfunkarbeiten u. a. für die ARD und das ZDF.

Natus schrieb über 400 Gedichte. Sie finden sich in bekannten Anthologien und Schulbüchern weltweit.

Sein Paderborner Kindergebet "Schön, dass es mich gibt" ist längst Kulturgut, wurde in viele Sprachen übersetzt und in mehrere Bücher, Schulbücher und Anthologien aufgenommen. Es wurde von der Goethe- und Brentanogesellschaft in der Liste der besten Kindergebete des 21. Jahrhunderts gelistet.

Viele seiner Bücher und Erzählungen wurden ins Englische, Koreanische und Russische übersetzt

Uwe Natus gehört zu den besten anerkannten Puppenspielern im deutschsprachigen Raum

Inhaltsangabe **Seite**